Christa und Reinhard Abeln

# Du bist ein lieber Gott

Kindergebete

Verlag Ludwig Auer Donauwörth

Gedruckt auf umweltbewußt gefertigtem, chlorfrei gebleichtem und alterungsbeständigem Papier.

1. Auflage. 1993

Gesamtherstellung: Ludwig Auer GmbH, Donauwörth
ISBN 3-403-0**2376**-1

# Inhalt

# Guten Morgen, lieber Gott!

# Ein neuer Tag beginnt

Lieber Gott,
ein neuer Tag hat angefangen.
Die dunkle Nacht ist vorbei.
Am Himmel scheint die Sonne.
Ich sehe aus dem Fenster:
Auf der Wiese sind viele Schafe.
Am Rande steht ein Hirte.
Er paßt genau auf die Schafe auf.
Zwei Hunde helfen ihm dabei.
Lieber Gott, Mutti sagt, daß du
auch so ein guter Hirte bist.
Du sorgst immer für uns
und läßt uns nie allein.
Ich bin froh, daß ich das weiß.
Beschütze uns alle heute! Amen.

CA

## Danke für diese Nacht!

Großer Gott,
ich danke dir für diese Nacht.
Ich habe ohne Sorgen geschlafen
und bin fröhlich aufgewacht.
Behüte mich an diesem Tag!
Bleibe bei mir!
Amen.

Nach Gotteslob 22,1

## Lieber Gott, du hast mich lieb

Lieber Gott, hilf mir heut',
ich will tun, was dich erfreut.
Du hast mich lieb, ich liebe dich,
so soll es bleiben ewiglich.

Überliefert

## Du hast mich väterlich bewacht

O Gott, du hast in dieser Nacht
so väterlich für mich gewacht.
Ich lob' und preise dich dafür
und dank' für alles Gute dir.
Amen.

Überliefert

## Behütet stehe ich auf

Von Gott behütet steh' ich auf,
er leitet mich in meinem Lauf,
er bleibt bei mir auf allen Wegen
mit seiner Kraft und seinem Segen.

Überliefert

# Ich bin fröhlich aufgewacht

Wie fröhlich bin ich aufgewacht!
Ich habe geschlafen die ganze Nacht.
Hab Dank im Himmel, du Vater mein,
daß du wolltest bei mir sein!
Bewahre mich an diesem Tag
vor allem, was mir schaden mag!
Amen.

Volksgut

# Segne unsere Mahlzeit!

## Du gibst uns zu essen

Sind wir am Mittag alle vertreten,
beginne ich langsam vorzubeten.
Danke, lieber Gott, du bist immer bereit,
du schenkst uns Speise zur rechten Zeit!

## Danke für Speise und Trank

Lieber Gott!
An allem, was du mir täglich gibst,
merk' ich, wie sehr du mich liebst.
Auch heute sage ich dir vielen Dank
für alles Gute, für Speise und Trank!

# Der Tisch ist gedeckt

Lieber Gott,
bei uns ist wieder der Tisch gedeckt.
Wir wollen jetzt essen.
Am liebsten mag ich Kartoffeln.
Kartoffeln schmecken gut.
Der Bauer pflanzt sie an.
Du läßt sie wachsen.
Mutti kocht sie.
Ich freue mich, wenn Kartoffeln
auf dem Tisch stehen.
Lieber Gott, ich danke dir,
daß du uns zu essen gibst.
Wie gut habe ich es zu Hause!
Amen.

## Segne unsere Speisen!

O Gott, von dem wir alles haben,
wir preisen dich für deine Gaben.
Du speisest uns, weil du uns liebst,
so segne auch, was du uns gibst!
Amen.

Überliefert

## Alles kommt von dir

Alle guten Gaben,
alles, was wir haben,
kommt, o Gott, von dir.
Dank sei dir dafür!
Amen.

Volksgut

# Für hungernde Kinder

Gott im Himmel,
ich habe heute ein Bild gesehen
mit einem Kind,
das immer Hunger hat.
Es hatte ganz dünne Beine.
Ich und meine Eltern,
wir wollen helfen.
Hilf du uns, daß wir
etwas von dem hergeben können,
was uns gehört! Amen.

Gotteslob 22,6

## Laß uns reichlich geben!

Lieber Gott!
Hungernde Kinder in unserer Welt
brauchen Zuwendung, Nahrung und Geld.
Hilf in uns die Liebe regen,
daß wir ihnen reichlich geben!

## Mach ein Ende aller Not!

Mach ein Ende aller Not
und gib jedem täglich Brot!
Segne unsre Speise hier,
guter Gott, wir danken dir.

Überliefert

# Wir gehören zusammen

# Meine Eltern haben mich lieb

Lieber Gott,
ich danke dir, daß du mir
so viele schöne Dinge schenkst.
Besonders danke ich dir
für meine Eltern.
Sie sind gut zu mir.
Sie haben mich lieb.
Sie sorgen jeden Tag für mich.
Ich bin so froh, lieber Gott,
daß du mir Vati und Mutti
gegeben hast.
Danke für dieses Geschenk!
Amen.

## Segne meine Eltern!

Für meine Eltern dank ich dir,
beschütze, guter Gott, sie mir!
Begleite sie auf allen Wegen
mit deinem väterlichen Segen!
Amen.

## Die Eltern mein empfehl' ich dir

Die Eltern mein empfehl' ich dir,
behüte, lieber Gott, sie mir!
Vergilt, o Herr, weil ich's nicht kann,
das Gute, das sie mir getan!

# Für alle Kinder ohne Eltern

Lieber Gott,
ich wohne zu Hause bei Vati und Mutti.
Ich danke dir,
daß ich so liebe Eltern habe.
Es gibt Kinder, die nicht
bei ihren Eltern leben können.
Lieber Gott, gib ihnen Menschen,
die freundlich zu ihnen sind,
die ihnen ein schönes Zuhause geben!
Laß sie gute Menschen finden,
die sie glücklich und froh machen!
Lieber Gott,
laß diese Kinder nicht allein!
Amen.

# Beschütze meine Geschwister!

Lieber Gott,
ich habe nicht nur liebe Eltern,
sondern auch nette Geschwister.
Mein Bruder, meine Schwester und ich –
wir drei gehören eng zusammen.
Es gibt zwar unter uns gelegentlich Streit,
aber dann vertragen wir uns wieder.
Wir haben uns alle lieb.
Lieber Gott, bleibe bei uns!
Beschütze uns an jedem Tag,
den du uns schenkst!
Ich danke dir,
daß wir eine Familie sind.
Amen.

# Danke für meine Großeltern!

Lieber Gott,
wenn meine Eltern keine Zeit haben,
sorgen meine Großeltern für mich.
Sie bringen mich in den Kindergarten,
gehen mit mir zum Spielplatz,
erzählen mir Geschichten,
kaufen mit mir im Supermarkt ein.
Ich bin sehr froh,
daß ich so liebe Großeltern habe.
Bitte, lieber Gott,
laß sie noch lange leben!
Bleibe immer bei ihnen!
Ich danke dir dafür!
Amen.

# Oma hat Geburtstag

Lieber Gott!
Oma hat Geburtstag heut',
da kommen sicher viele Leut'.
Schöne Geschenke wird es geben,
gib du ihr deinen Segen!

## Zum Schutzengel

Heiliger Schutzengel mein,
laß mich dir befohlen sein.
Auch diesen Tag, ich bitte dich,
beschütze und bewahre mich!

Überliefert

Bei jedem Schritt, bei jedem Tritt
geh du, mein heilger Engel, mit!

# Wie schön ist deine Welt!

# Du bist groß und mächtig

Lieber Gott,
am Wochenende war es herrlich.
Vati und Mutti,
meine Geschwister und ich
haben einen schönen Ausflug gemacht.
Zwischen Wald und Wiesen
sind wir spazierengegangen.
Dort haben wir viel gesehen:
hohe Bäume, bunte Blumen,
große und kleine Vögel . . .
Ich danke dir, lieber Gott,
daß du so viele schöne Dinge
auf dieser Welt geschaffen hast.
Deine Welt ist wunderbar.
Du bist so groß und so mächtig!
Amen.

# Viele schöne Blumen

Lieber Gott,
überall gibt es schöne Blumen:
im Garten, auf der Wiese,
auf dem Feld, im Wald . . .
Manche sind gelb und blau,
andere rot und lila.
Mutti stellt Blumen in die Vase
und schmückt mit ihnen unseren Tisch.
Lieber Gott, du läßt
wunderbare Blumen wachsen.
Ich danke dir, daß du uns
damit so viel Freude machst.
Amen.

## Ich mag die Sonne

Lieber Gott,
ich freue mich, daß du
die Sonne gemacht hast.
Die Sonne ist genauso wichtig
wie der Regen.
Sie sorgt dafür,
daß es draußen hell und warm ist,
daß das Gemüse wächst,
daß die Blumen blühen,
daß die Knospen aufgehen ...
Wenn morgens die Sonne scheint,
stehe ich viel lieber auf.
Danke für die Sonne, lieber Gott!
Amen.

# Wasser ist etwas Schönes

Lieber Gott,
Wasser ist etwas Schönes.
Wir gebrauchen es jeden Tag:
zum Trinken, zum Händewaschen,
zum Spielen, zum Begießen der
Blumen ...
Am schönsten ist es,
wenn ich in der Badewanne bin.
Dort sitze ich im warmen Wasser
und mag gar nicht mehr aufstehen.
Ich spiele mit meinen Schwimmentchen
und warte, bis Mutti mich herausholt.
Lieber Gott, ich danke dir
für das Wasser und die Badewanne.
Amen.

CA

# Es regnet

Lieber Gott,
es regnet in Strömen.
Mutti sagt: „Das Gras, die Blumen
und die Schnecken haben Durst.
Deshalb schickt der liebe Gott den
Regen."
Neben unserm Haus ist eine Wiese.
Ich nehme einen Schirm
und gehe im Regen spazieren.
Meine Füße werden nicht naß,
weil ich hohe Gummistiefel trage.
Lieber Gott, ich bin froh,
daß du den Regen schickst
und nichts verdursten läßt.
Amen.

# Schön, daß es den Wind gibt!

Lieber Gott,
heute geht ein starker Wind.
Ich kann ihn zwar nicht sehen,
aber ich spüre ihn.
Ich kann ihn hören,
weil er tüchtig bläst.
Es ist schön, daß es den Wind gibt.
Er schiebt mich,
wenn ich mit dem Kettcar fahre.
Er sorgt dafür,
daß mein Drachen hoch hinauffliegt.
Er trocknet die Straßen,
wenn es geregnet hat.
Danke, lieber Gott, für den Wind!
Amen.

# Was ich habe, kommt von dir

Was ich habe, kommt von dir,
was ich brauche, gibst du mir.
Was ich sehe, ruft mir zu:
Gott, wie groß, wie gut bist du!

# Wir bauen einen Schneemann

Lieber Gott,
ich freue mich, wenn Winter ist
und Schnee vom Himmel fällt.
Schnee bedeutet viel Spaß.
Wir Kinder fahren dann Schlitten
und machen eine Schneeballschlacht.
Wir bauen auch einen Schneemann
mit einer Mohrrübe als Nase,
einem Kochtopf als Hut
und zwei Steinen als Augen.
Lieber Gott, ich danke dir,
daß ich mich über den Winter
freuen kann. Amen.

# Die Natur pflegen

Lieber Gott,
es ist schlimm, was die Menschen
mit der Natur machen.
Sie leiten Giftstoffe ins Wasser,
und die Fische werden krank.
Sie vergiften die Luft
mit ihren Autos und Flugzeugen,
und die Wälder sterben.
Sie töten Schlangen und Krokodile
und machen daraus Mäntel und Taschen.
Lieber Gott, laß die Menschen einsehen,
daß sie die Natur pflegen müssen.
Sie ist doch deine Schöpfung.
Amen.

CA

## Du bist immer gut zu mir

Lieber Gott, ich danke dir,
du bist immer gut zu mir.
Allzeit will ich auf dich bau'n,
schenk mir täglich dein Vertrau'n!

Überliefert

## Ich will dich preisen

Herr, mein Gott,
wie groß bist du!
Ich will dich preisen
von ganzem Herzen.

Aus den Psalmen

# Danke für die Tiere!

# Ich mag die Eichhörnchen

Lieber Gott,
von allen Tieren mag ich
die Eichhörnchen besonders gern.
Ich muß immer staunen, wie sie
von einem Baum zum anderen springen.
Wie schön ist ihr buschiger Schwanz!
Manche Tiere sind sehr zutraulich
und fressen einem aus der Hand.
Im Herbst sammeln sie Nüsse und Eicheln
und vergraben sie in der Erde.
Dann haben sie im Winter genug zu
fressen.
Vielen Dank, lieber Gott, daß du uns
die Eichhörnchen geschenkt hast!
Amen.

# Mein Freund „Heini“

Lieber Gott,
wir haben einen Ausflug
auf einen Bauernhof gemacht.
Dort habe ich viele Tiere gesehen,
die man in der Stadt nicht sieht:
Kühe und Hühner, Gänse und Pferde.
Auf einer Wiese stand ein Pony.
„Es heißt Heini“, sagte der Bauer.
Ich durfte über den Zaun steigen
und das kleine Pferd streicheln.
Seitdem ist „Heini“ mein Freund.
Lieber Gott, ich danke dir,
daß es dieses Pony gibt.
Ich möchte noch oft zu ihm gehen.
Amen.

# Bei den Elefanten

Lieber Gott,
ich habe etwas sehr Schönes erlebt:
Mit meiner Mutti und meiner Schwester
war ich heute im Zoo.
Dort habe ich viele Tiere gesehen:
bunte Vögel, Affen, Löwen,
Giraffen, Esel und Kamele.
Am besten hat es mir
bei den Elefanten gefallen.
Wir haben ihnen lange zugeschaut.
Lieber Gott, ich danke dir,
daß es Elefanten gibt
und daß ich ihnen zuschauen durfte.
Amen.

# Du hast alle Tiere gemacht

Lieber Gott,
ich freue mich über die Tiere,
die du geschaffen hast.
Besonders freue ich mich
über die Tiere bei uns zu Hause:
den Wellensittich, den Hamster
und unseren Hund.
Ich spiele mit ihnen,
ich streichle sie,
ich habe sie gern.
Lieber Gott, laß alle Menschen
liebevoll mit den Tieren umgehen!
Sie sind ja deine Geschöpfe.
Amen.

# Jedem Tier gibst du zu essen

Jedem Tier gibst du zu essen,
jede Blume trinkt von dir.
Hast auch meiner nicht vergessen,
lieber Gott, ich danke dir!

Überliefert

# Auch die Tiere kommen von dir

Lieber Gott,
ich kenne einen Jungen,
der ärgert immer die Tiere.
In den Bach wirft er Steine
und freut sich, wenn die Enten
Angst bekommen und davonfliegen.
Mit seinen Füßen tritt er
auf Schnecken und Spinnen,
Käfer und Frösche.
Ich weiß nicht, warum er das macht.
Lieber Gott, laß den Jungen merken,
daß du alle Tiere gemacht hast!
Alles, was lebt, kommt von dir.
Auch ich will immer daran denken.
Amen.

# Du machst mich froh und glücklich

# Du bist immer da

Lieber Gott,
du bist immer da.
Du bist da,
wenn ich ganz traurig bin.
Du bist da,
wenn ich allein bin.
Du bist da,
wenn ich Angst habe.
Du bist da,
wenn ich spiele und fröhlich bin.
Du bist da,
wenn ich abends ins Bett gehe.
Ich danke dir,
daß du immer da bist,
lieber Gott. Amen.

# Wir fahren ans Meer

Lieber Gott!
Wir machen Urlaub und fahren ans Meer,
darauf freuen wir uns alle sehr.
Halte schützend über uns deine Hände,
damit unsere Ferien nehmen ein gutes
Ende!

# Ich danke dir

Lieber Vater im Himmel,
ich habe Vater und Mutter.
Ich habe eine Wohnung,
einen Tisch und ein Bett.
Ich danke dir.
Ich habe gegessen und getrunken.
Ich danke dir.
Ich kann laufen und springen.
Ich danke dir.
Ich kann sehen und hören.
Ich danke dir.
Ich kann spielen und lustig sein.
Ich danke dir.
Ich bin gesund und lebendig.
Ich danke dir.
Segne mich! Amen.

Nach Gotteslob 22,2

# Auf dem Spielplatz

Lieber Gott,
fast jeden Tag gehe ich zum Spielplatz.
Dort treffe ich viele Kinder.
Wir spielen miteinander
und freuen uns.
Wir fahren zusammen Karussell,
wir steigen auf ein Klettergerät,
wir rutschen von der Rutschbahn,
wir spielen im Sandkasten.
Lieber Gott, ich sage „Danke“
für den schönen Spielplatz,
für die vielen Spielgeräte,
für meine Spielkameraden,
für jeden schönen Tag,
für alle Freude und alles Glück.
Amen.

## Im Kindergarten

Lieber Gott!
Wenn Fräulein Petra auf dem Akkordeon spielt,
sie mit uns allen ein Tänzchen übt.
Wir Kinder fangen dann an zu singen,
lustig und froh wir hopsen und springen.

# Wer andere froh macht...

Lieber Gott,
dein Sohn Jesus
hat vielen Menschen Gutes getan.
Er hat die Traurigen getröstet,
den Hungrigen zu essen gegeben,
die Kranken gesund gemacht.
Jesus hat den Menschen gezeigt,
daß du unser Vater bist.
Lieber Gott, auch ich will
anderen Menschen Gutes tun.
Ich will ihnen viel Freude machen.
Denn wer andere froh macht,
wird selber froh.
Bitte, hilf mir dabei! Amen.

# Wir wollen uns vertragen

# Heute war ich sehr wütend

Lieber Gott,
ein langer Tag geht zu Ende.
Das Wetter war herrlich.
Wir haben schöne Spiele gemacht.
Etwas möchte ich dir aber noch sagen:
Heute habe ich meiner Mutti
viel Ärger bereitet.
Ich habe eine Vase genommen
und sie auf dem Boden zerschlagen.
So wütend war ich.
Bitte, verzeih es mir!
Lieber Gott, ich will morgen
wieder gut zu meiner Mutti sein.
Laß mich ruhig schlafen
und mach, daß auch Mutti
wieder gut zu mir ist! Amen.

# Laß uns wieder gut sein!

Lieber Gott,
wir hatten heute Streit.
Mutter war böse mit mir.
Vater und Mutter waren böse miteinander.
Schimpfen und Zanken tut uns allen weh,
aber wir fangen immer wieder damit an.
Vergib uns unsere Schuld, wie auch wir
vergeben unsern Schuldigern!
Gib uns den Willen,
schnell wieder gut zu sein!
Laß auch die andern
wieder freundlich sein!
Wir brauchen den Frieden.
Hilf uns dabei! Amen.

Gotteslob 22,5

# Ich will nicht ungerecht sein

Lieber Gott,
ich bitte dich:
Laß mich nicht ungerecht sein
gegenüber anderen
oder schlecht über sie reden!
Wenn ich mit meinen Freunden
gestritten habe,
will ich hingehen
und mich mit ihnen
wieder vertragen.
Bitte, hilf mir dabei!
Amen.

# Es gab Streit

Mit meinen Freunden gab's gestern
viel Streit,
das tut mir aufrichtig leid.
Heute, lieber Gott, wollt' ich dir sagen:
Wir haben uns wieder vertragen!

# In Frieden leben

Lieber Gott,
du liebst alle Menschen.
Darum will auch ich
dich liebhaben.
Du willst, daß wir
alle in Frieden leben.
Wenn alle Menschen
dich lieben würden,
dann wäre überall Frieden
und nirgendwo Streit.
Lieber Gott,
wir wollen oft daran denken.
Amen.

# Hilf mir, friedlich zu sein!

Lieber Gott,
heute war ich zornig und böse.
Erst hat mir meine Schwester
meinen Ball weggenommen,
ohne mich zu fragen.
Dann ist mein Bruder
auf meinen Traktor getreten.
Da habe ich ihn gestoßen,
daß er hinfiel und weinte.
Mutti hat mit uns geschimpft.
Es ist schwer, lieber Gott,
ohne Streit miteinander zu leben.
Hilf mir, daß ich lerne,
friedlich zu sein! Amen.

# Wenn Eltern sich scheiden lassen

Lieber Gott,
in unserer Straße wohnt ein Mädchen,
das manchmal sehr traurig ist.
Ihre Eltern haben sich scheiden lassen.
Ihr Vati ist fortgezogen,
jetzt ist nur noch ihre Mutti da.
Du weißt, lieber Gott,
daß viele Kinder traurig sind,
weil ihre Eltern sich getrennt haben.
Bitte, segne diese Kinder!
Laß immer jemand bei ihnen sein,
der sie besonders liebhat!
Ich danke dir. Amen.

# Kranksein ist nicht schön

# Mein Kopf tut so weh

Vater im Himmel,
ich bin krank.
Mein Kopf tut so weh.
Ich habe Fieber und Durst.
Bitte, laß mich heute nacht
gut schlafen,
damit es morgen besser ist!
Amen.

Gotteslob 22,4

# Krank im Bett

Lieber Gott,
gestern war ich noch fröhlich, habe
gelacht,
heute hat Mutti mich krank ins Bett
gebracht.
Ich bitte dich nun von ganzem Herzen:
Mach mich gesund, nimm mir die
Schmerzen!

CA

# Ein Unfall

Lieber Gott!
Vor unserem Haus hat es gekracht,
ein Mann wurde ins Krankenhaus
gebracht.
Für ihn, der auf der Straße gelegen,
bitte ich um deinen Segen!

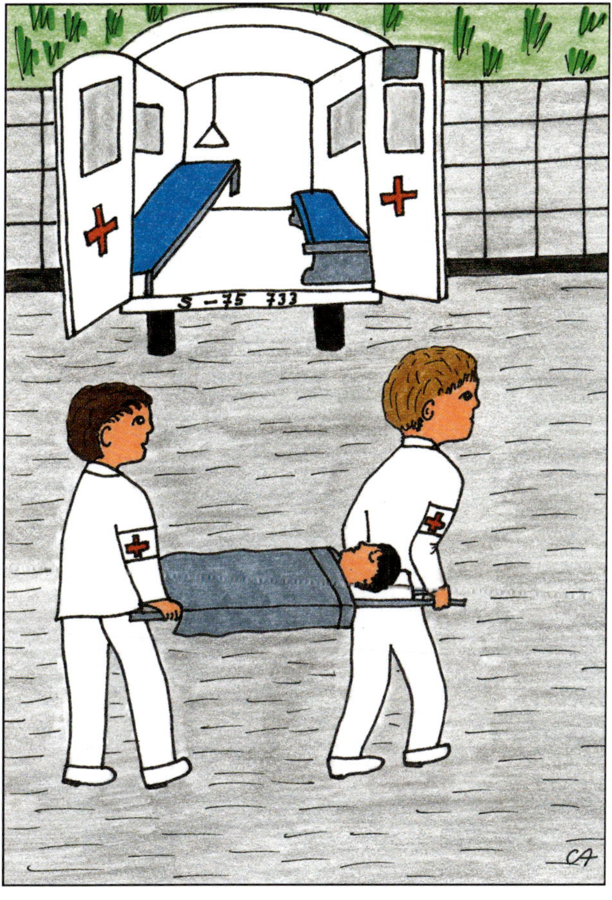
S – 75 733
CA

# Nun möchte ich schlafen

## Für alles vielen Dank!

Nun geh' ich, lieber Gott, zur Ruh',
schließe froh die Augen zu.
Für alles sei dir Dank gesagt,
was du mir gabst an diesem Tag!

Überliefert

## Behüte mich, guter Vater!

Nun leg' ich mich schlafen,
nun geh' ich zur Ruh,
mein Vater im Himmel,
behüte mich du!

Überliefert

# Die Nacht hat begonnen

Lieber Gott,
draußen ist es ganz dunkel.
Die Nacht hat begonnen.
Am Himmel leuchten die Sterne
und der Mond.
Die Füchse liegen in ihrer Höhle
und schlafen schon.
Gleich werde auch ich einschlafen.
Lieber Gott, beschütze in dieser Nacht
alle Tiere und alle Menschen!
Schenke besonders Vati und Mutti,
meinen Geschwistern und mir
einen guten und ruhigen Schlaf!
Amen.

# Gib uns eine gute Nacht!

Großer, guter Gott!
Vielen Dank für diesen Tag!
Wir haben gespielt,
wir haben gelacht.
Wir haben geweint,
wir haben gezankt,
wir haben uns liebgehabt.
Wenn wir uns liebhaben,
verzeihst du uns.
Segne uns alle,
und gib uns eine gute Nacht!
Amen.

Gotteslob 22,3

# Ich bin müde

Lieber Gott,
ich bin müde.
Ich habe ein warmes Bett.
Darin kann ich gut schlafen.
Du bist bei mir, lieber Gott,
und ich habe keine Angst.
Du bist da – und Vater und Mutter.
Segne uns alle und schenke
uns allen eine gute Nacht!
Amen.

Gotteslob 22,9

# Meine Augen fallen zu

Guter Vater im Himmel du,
meine Augen fallen zu.
Will mich in mein Bettchen legen,
gib du mir nun deinen Segen!
Lieber Gott, ich bitte dich:
Bleib bei mir! Beschütze mich!

Mündlich überliefert

# Sag deinen lieben Engeln...

Lieber Gott, ich schlafe ein.
Sag den lieben Engeln dein,
daß sie auch in dieser Nacht
halten bei mir treue Wacht.

Überliefert

## Du hast mich heute bewacht

Gott, du hast mich heut bewacht,
schütze mich auch diese Nacht!
Du sorgst für alle, groß und klein,
drum schlaf ich ohne Sorgen ein.

Überliefert

## So ein schöner Tag war heute

So ein schöner Tag war heute,
lieber Gott, und soviel Freude
hast du wieder mir gemacht,
drum sag ich dankbar: Gute Nacht!

Überliefert

## Gott, du bist gut und mächtig

Lieber Gott,
du machst,
daß es jetzt dunkel wird
und morgen früh die Sonne wieder
scheint.
Ich danke dir.
Du machst,
daß meine Eltern bei mir sind
und ich keine Angst haben muß.
Ich danke dir.
Du machst,
daß ich ruhig schlafen kann
und morgen früh wieder gesund
aufwache.
Ich danke dir.
Du bist gut und mächtig,
lieber Gott. Amen.

# Alle schlafen ein

Großer Stern und kleiner Stern.
Abenddämmern nah und fern.
Lichtlein schimmern überall.
Alle Tiere sind im Stall.

Schaf und Lamm beisammen sind.
Jede Mutter hat ihr Kind,
jedes Kind die Mutter sein.
Alle, alle schlafen ein.

Abendlied aus Italien

# Liebe Eltern!

„Du bist ein lieber Gott“, heißt der Titel dieses Gebetbuches, das Sie Ihrem Kind gekauft haben. Gebete und Bilder wollen dem Kind sagen: Gott hat dich lieb. Er mag dich. Er hält seine Hand schützend über dich.

Mit diesem „lieben“ Gott darf das Kind sprechen – jeden Tag. Gott ist einer, mit dem man immer reden kann. Er ist immer bereit, dem Kind zuzuhören und ihm auch zu helfen.

Dieses Gebetbuch möchte Ihrem Kind helfen, mit Gott über alles zu reden, was ihm auf dem Herzen liegt. Das gilt für jeden Kummer, das gilt für alle Freuden. Es gibt nichts, wofür Gott sich nicht interessiert.

Helfen Sie Ihrem Kind, daß es jeden Tag neu erfährt: Gott ist jemand, der immer für uns da ist! Er ist nach den Worten Jesu

unser Vater. Wie ein Vater sein Kind liebt, so hat Gott jeden einzelnen von uns lieb.

Ein Lied aus einer Pfälzer Kindermesse faßt den Inhalt dieses Gebetbuches so zusammen: „Breite deine Hände aus! Nimm uns all in deine Hut! Breite deine Hände aus! Dann wird alles gut."

Reinhard Abeln